IPHIGÉNIE
EN TAURIDE,
TRAGEDIE,

REPRE'SENTE'E POUR LA PRE'MIERE FOIS

PAR L'ACADEMIE ROYALE
DE MUSIQUE,

Le Mardy fixiéme jour de May 1704.

A PARIS,

Chez CHRISTOPHE BALLARD, feul Imprimeur du Roy
pour la Mufique, ruë S. Jean de Beauvais, au Mont-Parnaffe.

M. DCC. IV.

Avec Privilege de Sa Majefté.

LE PRIX EST DE TRENTE SOLS.

AVERTISSEMENT.

IL y a huit ans que cet Opera eſt fait , & que Mr. Deſmareſts l'a mis en Muſique à la réſerve de la plus grande partie du Cinquiéme Acte qui eſt de Mr. Campra , auſſi bien que quelques endroits qui étoient demeurez imparfaits , & le Prologue, dont les Parolles ne ſont point de celuy qui a fait la Piece, mais de Mr Danchet qui a bien voulu s'en charger.

Noms des Actrices & des Acteurs, chantants dans tous les Chœurs du Prologue & de la Tragedie.

MESDEMOISELLES.

Cénet.	Dupérey.	Bataille.	Guillet.
Baſſet.	D'Humé.	Duval.	Roſſard.
			Déſjardins.

MESSIEURS.

Prunier.	Solé.	Deſvoix.	Drot.
Courteil.	La Coſte.	Le Brun.	Bonnel.
Jolain.	Cadot.	Mantienne.	Alexandre-L.
Gaudechot.	Labé.	Leuel.	Alexandre-C.

ã ij

PERSONNAGES DU PROLOGUE.

ORDONNATEUR *des Jeux de Diane*, &
    d'Apollon,   Monſieur Hardoüin.

DIANE,   Mademoiſelle Maupin.

Deux Habitantes de Délos,   M^{elles} Dupérey & Bataille.

Un Habitant de Délos,   Monſieur Boutelou.

PERSONNAGES DANSANTS
du Prologue.

HABITANTS DE L'ISLE DE DELOS.

Meſſieurs Germain, Dumoulin-L., Ferrand, & Blondy.

Meſdemoiſelles Victoire, Dangeville, Roſe,
& Dupleſſis.

PLAISIRS.

Meſſieurs Léveſque, Dangeville-L., Lavigne,
& Dangeville-C.

PROLOGUE.

Le Théatre repréfente un lieu que les Peuples de DE'LOS ont préparé pour célébrer des Jeux en l'honneur d'APOLLON, & de DIANE, leurs Dieux Tutelaires.

SCENE PREMIERE.

UN ORDONNATEUR des Jeux, Chœurs de Peuples de DE'LOS.

L'ORDONNATEUR.

C'Eft dans ce fortuné séjour
 Qu'Apollon reçut la naiffance :
Que Délos à jamais, en célebre le jour :
Paifibles fous fes loix, réverons fa puiffance ;
Comblez de fes faveurs, montrons-luy notre amour.

é

IPHIGE'NIE,

L'ORDONNATEUR, & les Peuples.

Chantons, qu'à nos voix tout réponde,
Rendons un juste hommage au plus brillant des Dieux:
Ses feux font l'ornement des Cieux
Et les plus doux plaisirs du monde.

Les Peuples de DE'LOS commencent à célébrer la Fête par des Danses.

L'ORDONNATEUR.

Dieu, qui sur les humains, répands mille bienfaits,
Tu proteges les Arts, tu n'aimes que la Paix,
Mais ton bras n'est pas moins redouté dans la Guerre,
Les Monstres qu'enfantoit la Terre
Ont souvent ressenti tes invincibles traits.

Pour te troubler dans ta carriere,
La Haine, & la Discorde osent briser leurs fers,
Pourront-elles souffrir l'éclat de ta lumiere,
Force-les de rentrer dans le fond des Enfers.

Triomphe, vole à la Victoire,
En ramenant un calme heureux;
Remply de ta nouvelle gloire
Tous les lieux qu'éclairent tes feux.

Les Danses recommencent.

Un HABITANT de DE'LOS.

Dans les concerts que vous faites entendre,
Mêlez l'Amour, & les Plaisirs:
Le Dieu que vous chantez a poussé des soûpirs,
Nos cœurs de ce penchant doivent-ils se deffendre?

PROLOGUE.

Une HABITANTE de DE'LOS.

Aimons tous, laissons-nous charmer,
Sans le plaisir de s'enflâmer
Quel autre bien peut être aimable?
C'est le flâmbeau des cieux qui fait naître le jour;
Mais c'est le flambeau de l'Amour
Qui peut nous le rendre agreable.

UNE AUTRE.

Loin de vouloir disputer la Victoire,
Pressons l'Amour de soûmettre nos cœurs:
A le vaincre il est peu de gloire;
A luy ceder, il est mille douceurs.

LA PREMIERE HABITANTE.

Lorsque nos cœurs révérent sa puissance
Vainqueur charmant il couronne leurs feux;
Mais quand ils ont fait résistance,
Il en devient le Tyran rigoureux.

Les Jeux continuent.

L'ORDONNATEUR, & les deux HABITANTES de DE'LOS.

Que Diane ait part à nos jeux.

LES CHŒURS.

Diane, recevez, nôtre hommage, & nos vœux.

L'ORDONNATEUR, & les deux HABITANTES.

Quel nüage s'avance!
Quel éclat! quels doux accords!
La Déesse honnore ces bords
De son auguste présence.

IPHIGÉNIE, PROLOGUE.

Les Arts, & les Plaisirs se joignent aux Acteurs de la Scene premiére,
& forment une SECONDE SCENE.

DIANE.

Apollon occupé du soin de l'Univers,
Reçoit du haut des cieux vos vœux, & vos concerts.
Les Arts, & les Plaisirs viennent dans cet Azile,
Pour éviter de Mars les ravages affreux.
Notre plus chere envie est de vous rendre heureux,
Et de vous proteger dans une paix tranquile.

CHOEURS.

Diane, recevez notre hommage, & nos vœux.

DIANE.

Je pris soin d'arracher l'aimable Iphigénie,
D'un Sacrifice affreux que l'on vouloit m'offrir :
          Je la retiens dans la Scythie :
Son frere par ses mains est tout prêt à périr,
En ce pressant danger je vais le secourir.

Que vos chants se fassent entendre ;
Que les Jeux innocents remplissent vos desirs :
Ne soyez occupez qu'à suivre les Plaisirs,
          Les Dieux le sont à vous deffendre.

DIANE remonte dans sa gloire ; les Arts, & les Plaisirs s'unissent aux
Peuples de DÉLOS, & forment une nouvelle Entrée.

CHOEURS.

Regnez, Plaisirs, regnez, faites briller vos charmes ;
Que la foudre qui gronde, étonne d'autres lieux :
Conservez-nous en paix, ô favorables Dieux,
Et sur nos ennemis détournez les allarmes !

FIN DU PROLOGUE.

ACTEURS
DE LA TRAGEDIE.

IPHIGE'NIE, *Grande Prêtresse de Diane , Sœur d'Oreste, & d'Electre.* Mademoiselle Desmâtins.

ORESTE, *Frere d'Iphigénie , & d'Electre ,* Monsieur Thevenard.

ELECTRE, *Sœur d'Iphigénie , & d'Oreste , aimée de Pilade ,* Mademoiselle Armand.

PILADE, *Amy d'Oreste , & Amant d'Electre.* Mr Poussin.

THOAS, *Roy de la Tauride , Amant d'Electre.* Mr Dun.

ISME'NIDE, *Confidente d'Iphigénie ,* Melle Bataille.

Chœurs , & Troupes de Scythes.

DIANE, Mademoiselle Maupin.

Chœur , & Troupe de Nymphes de la suite de Diane ,

Deux Nymphes , Mesdemoiselles Dupérey, & d'Humé.

L'OCEAN, Monsieur Hardoüin.

LE DIEU TRITON, Monsieur Chopelet.

Chœur & Troupe de Dieux Marins, & de Nereïdes.

LE GRAND SACRIFICATEUR
 de Diane.   Monſieur Mantienne.

Chœur, & Troupe de Sacrificateurs.

Troupe de Prêtreſſes,

Deux Prêtreſſes, Meſdemoiſelles Dupérey, & Baſſet.

Chœur, & Troupe de Grecs.

La Scene eſt dans la Ville Capitale de la Tauride.

PERSONNAGES DANSANTS
de la Tragedie.

PREMIER ACTE.

SCYTHES.

Monſieur Balon.

Meſſieurs Blondy, Ferrand, Léveſque, Dangeville-L.,
Javilliers, & Marcel.

DEUXIE'ME ACTE.

NYMPHES.

Mademoiſelle Subligny.

Meſdemoiſelles Dangeville, Victoire, Roſe, Noiſy,
le Févre, & Dupleſſis.

TROISIE'ME ACTE.

TRITONS.

Monſieur Dumoulin-C.

Meſſieurs Germain, Bouteville, Dumoulin-L.,
& Léveſque.

NEREYDES.

Meſdemoiſelles Roſe, Noiſy, Prevoſt, & le Févre.

QUATRIE'ME ACTE.

SACRIFICATEURS.

Messieurs Germain, Bouteville, Dumoulin-L.
Dumoulin-C., Ferrand, Blondy,
Dangeville-L., & Lévesque.

PRESTRESSES.

Mesdemoiselles Dangeville, Victoire, Noisy,
Duplessis, le Févre, & Prevost.

CINQUIE'ME ACTE.

GRECS.

Monsieur Blondy.

Messieurs Germain, Dumoulin-L., Ferrand, Lévesque,
Javilier, & Marcel.

UN GREC, & UNE GRECQUE.

Monsieur Dangeville, & Mademoiselle Prevost.

GRECQUES.

Mesdemoiselles Victoire, Dangeville, Rose, Noisy,
& le Févre.

IPHIGÉNIE
EN TAURIDE,
TRAGEDIE.

ACTE PREMIER.

Le Théatre repréfente une Salle du Palais
de THOAS.

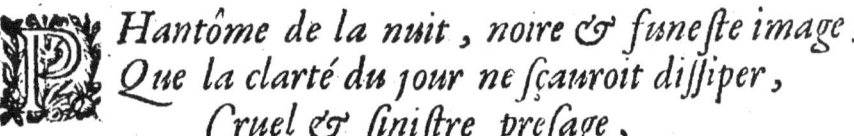

SCENE PREMIERE.
IPHIGÉNIE, ISMÉNIDE.

IPHIGÉNIE.

Hantôme de la nuit, noire & funefte image,
Que la clarté du jour ne fçauroit diffiper,
Cruel & finiftre prefage,
De quel effroy mortel vien-tu de me frapper!
La crainte qui redouble en mon ame féduite,
Retrace des objets que je veux effacer,
Et le trouble affreux qui m'agite,
S'augmente d'autant plus que je veux le chaffer.

A

IPHIGE'NIE,

ISME'NIDE.

D'une sombre terreur devez-vous être atteinte,
Tout s'empresse à combler vos vœux,
Laissez la tristesse & la crainte
Aux cœurs que le destin a rendu malheureux.

IPHIGE'NIE.

Appren d'où naît mon trouble, & me plains, Isménide:
Aux horreurs du trépas destinée en Aulide,
Tu sçais qu'Agamemnon soûmis aux loix des cieux;
Abandonna ma vie aux cruautez des Dieux.

ISME'NIDE.

Le Ciel n'a pû souffrir cet affreux sacrifice,
Diane a protégé des jours si précieux.
Sur les aîles des vents transportée en ces lieux,
Iphigénie a vû le Ciel propice,
La dérober à l'injuste supplice,
Où la livroit un Pere ambitieux.

IPHIGE'NIE.

Dans l'horreur d'une nuit terrible, épouvantable,
A la pâle lueur d'un lugubre flambeau,
J'ay vû ma Mere, ô spectacle effroyable!
Entraîner mon Pere au tombeau;
Tous deux sanglants, tous deux enflâmez de colere,
M'ont mis un poignard à la main,
Et prête à le lever sur Oreste mon frere,
Je me sentois forcée à luy percer le sein.

ISME'NIDE.

Par d'innocents plaisirs, cherchez à vous distraire
Du trouble où vôtre cœur aime à s'entretenir;
Tous les biens, ou les maux qu'un songe peut nous faire,
C'est de se retracer à nôtre souvenir.

IPHIGE'NIE.

D'autres sujets de crainte étonnent mon courage,
Et forcent mon cœur à trembler.
Tu sçais que sur ce bord sauvage,
Nos Scythes ont surpris & mis dans l'esclavage,
Une troupe de Grecs que l'on doit immoler.
J'ay vû dans ce Palais leurs Chefs chargez de chaînes,
L'un d'eux fier, intrepide au milieu de ses peines,
A sur luy retenu mes yeux;
Il nous cache son nom, mais malgré son adresse,
Sa fierté sur son front, fait briller sa noblesse.

Je me fuis, je veux ignorer
D'où naît le trouble qui m'agite;
Tout me nuit, tout m'allarme, & plus mon mal s'irrite,
Plus je crains de le pénétrer.

ISME'NIDE.

L'Amour a suspendu la mort que l'on prépare
A ces Etrangers malheureux;
Une jeune Princesse arrêtée avec eux,
Peut changer une loy barbare,
Le Roy l'aime; il rendra tous les Grecs à ses vœux.

IPHIGE'NIE.

Ah! que tu connois mal ce qui cause la crainte
Dont, malgré moy, je suis atteinte.
Mon cœur troublé, saisi d'effroy,
S'interesse à ces Grecs plus que je ne veux croire;
Qu'ils périssent plûtôt, il y va de ma gloire.

ISME'NIDE.

Le Roy vient, cachez-luy le trouble où je vous voy.

SCENE DEUXIE'ME.

THOAS, IPHIGE'NIE, ISME'NIDE.

THOAS.

J'Ordonne un pompeux sacrifice ;
Prêtresse de Diane, il faut que dans ce jour
Vous immoliez ces Grecs, que le destin propice
M'a fait surprendre en ce séjour.

IPHIGE'NIE à part.

Dieux !

THOAS.

Prévenons cet Oracle terrible
Qui menace mes jours d'une mort infaillible,
Si ces fiers étrangers restent dans mes Etats ;
Pour un superbe Objet ma fatale tendresse
M'avoit fait jusqu'icy suspendre leur trépas ;
Mais c'est trop écoûter de dangereux appas,
La pitié dans les Rois devient une foiblesse,
Lorsque la gloire, & la sagesse
Ne la conduisent pas.

IPHIGE'NIE.
à part.

J'obeïray, Seigneur, ... Helas !

SCENE TROISIEME.

THOAS seul.

*Q*Ue vais-je faire!
Par quelle barbarie, à moy-même contraire,
Porteray-je à mon cœur les plus horribles coups!
   Je vais punir une Beauté cruelle;
Mais pourray-je briser des nœuds encor trop doux,
     Et ne seray-je pas comme elle
     La victime de mon couroux?

Amants heureux, que je porte d'envie
Aux faveurs dont l'Amour couronne vos soûpirs!
Mon ame est à ses feux en esclave asservie,
     Toute esperance m'est ravie,
Et mon dépit mortel irrite mes desirs.
    Amants heureux, que je porte d'envie
Aux faveurs dont l'Amour couronne vos soûpirs.

Vangeons-nous d'une Ingrate à qui je ne puis plaire;
Que l'Orgüeilleuse apprenne à gémir à son tour:
    Que ne peut point une juste colere,
    Quand elle naît d'un malheureux amour?

Elle vient, & mon cœur à ma gloire infidelle,
D'une indigne pitié se sent encor surpris;
     Ah! c'est trop me trahir pour elle,
Rassûrons un moment mes timides esprits;
Je ne pourray trouver de peine assez cruelle
     Pour me vanger de ses mépris.

SCENE QUATRIEME.

ELECTRE seule.

Lieux cruels, témoins de mes peines,
    Vous le serez de mon trépas.
Mon devoir m'a fait suivre Oreste en ces climats
Pilade, trop lié par d'amoureuses chaînes,
    A voulu marcher sur mes pas ;
    Captifs, proscrits par des loix inhumaines,
Le Tiran de ces lieux touché de mes appas,
Me flatoit de nous rendre à nos heureux Etats
    Et mes esperances sont vaines.
    Lieux cruels, témoins de mes peines,
    Vous le serez de mon trépas.

SCENE CINQUIE'ME.

ELECTRE, THOAS.

ELECTRE.

Eh bien ! *Barbare que vous êtes,*
J'apprens enfin les maux où vous m'abandonnez ;
On vient de publier vos sacrileges Fêtes,
Mon frere va périr, c'est vous qui l'ordonnez.

  Par cette rigueur inhumaine
Vôtre ardeur à mes yeux prétend-elle éclater !
Eh ! depuis quand l'Amour fait-il éxecuter
  Les fureurs qu'inspire la Haine !

THOAS.

  Vous avez feint jusqu'à ce jour
D'ignorer de mes feux toute la violence :
  Par mes transports & ma vangeance,
  Ingrate, apprenez mon amour.

ELECTRE.

Quel amour ! ou plutot quelle affreuse injustice !
Je mourray si je voy vos arrests confirmez ;
  Puis-je croire que vous m'aimez
  Quand vous voulez que je périsse ?

THOAS.

N'accusez de vos maux que vôtre cruauté.

ELECTRE.

Suspendez les horreurs qu'au Temple l'on prépare.

THOAS.

Vos rigueurs m'ont appris à devenir barbare.

ELECTRE.

Craignez des Dieux vangeurs le couroux irrité.

THOAS.

Je crains tout de ma flâme & de vôtre artifice ;
Qui sçait si l'un des Grecs que je livre au suplice
N'est pas le seul obstacle à mes desirs fatal ?
Sur la foy des transports qui pressent ma vangeance,
Je croy qu'avec mes loix, l'Amour d'intelligence,
     Me fait attaquer un Rival.

ELECTRE.

Sans secours, sans espoir, inquiete, captive,
     A chaque instant la mort vient m'allarmer ;
     Puis-je vouloir me faire aimer !
A peine sçais-je, helas ! si l'on veut que je vive.

ENSEMBLE.

TH. { Vous pouvez terminer { vôtre sort } rigoureux.
EL. {   { mon destin }

{ Quel plaisir prenez-vous à redoubler { mes } peines.
{   { vos }

ELECTRE.

Ecoutez mes soûpirs.

THOAS.

     Répondez à mes vœux.

ELECTRE;

ELECTRE.

Brisez nos fers.

THOAS.

Portez d'heureuses chaînes.

ELECTRE.

Arrachez au trépas tant de Grecs malheureux.

THOAS.

Toutes vos plaintes seront vaines,
Si vous ne partagez mes feux.

ENSEMBLE.

TH. { *Vous pouvez terminer* { *mon destin* } *rigoureux.*
EL. { { *vôtre sort* }

Quel plaisir prenez-vous à redoubler { *mes* } *peines.*
{ *vos* }

On entend un bruit de Symphonie.

THOAS.

Pour célébrer le jour où la faveur des cieux,
Me découvrit l'abord funeste
De ces Grecs que poursuit la colere céleste,
Mon peuple, par ses chants, vient rendre grace aux
Dieux,
Rendez vos Captifs à la Grece,
C'est en vos mains que je remets leur sort ;
Mais profitez de ma tendresse,
Et choisissez ou le Trône, ou leur mort.

B

SCENE SIXIE'M E.

THOAS, Chœur & Troupe de SCYTHES.

CHOEUR.

CHantons un Roy couvert de gloire,
    Que sa grandeur dure à jamais.
Que toûjours devant luy soient Mars & la Victoire ;
Qu'il soit toûjours suivi des jeux, & de la paix.

Entrée des SCYTHES,

THOAS.

   Le destin propice
   Vous rend heureux ;
Chantez tous, dansez, formez de doux jeux,
  Célébrez ma gloire & mes feux,
    Que l'air retentisse
  De vos chants & de vos vœux :
  Le Dieu Mars protege nos armes,
  La victoire vole devant nos pas,
  Et la Paix banit les allarmes
  Loin de ces heureux climats ;
Céres, & Bachus regnent dans ces lieux ;
   Jupiter le Roy des Dieux
   Pourroit-il prétendre
  Un destin plus glorieux ?
Vien Amour, quitte les Cieux :
   Acheve de rendre
   Ce séjour délicieux.

Seconde Entrée.

Le CHŒUR répete les quatre premiers Vers de la Scene.

FIN DU PREMIER ACTE.

ACTE SECOND.

Le Théatre représente les Jardins du Palais de THOAS.

SCENE PREMIERE.

ORESTE, PILADE,

ENSEMBLE.

Nos destins ennemis remportent la victoire ;
Dieux implacables ! Dieux cruels !
Vous faites-vous une honteuse gloire
D'accabler de foibles Mortels.

ORESTE.

O Mort ! que tes horreurs auront pour moy de charmes,
Tu fais mon espoir le plus doux.
Le meurtre de mon Pere a fait couler mes larmes ;
Pour vanger son trépas, mon bras a pris les armes,
Clitémnestre ma Mere a péri sous mes coups ;
Insensé, furieux, en proye à mes allarmes,
Sur moy les noires sœurs épuisent leur couroux.
O Mort ! que tes horreurs auront pour moy de charmes !
Tu fais mon espoir, le plus doux.

IPHIGE'NIE,

PILADE.

Le Ciel pourra calmer sa colere inhumaine.

ORESTE.

Non, j'ay trop mérite sa haine ;
Persécuté des Hommes & des Dieux,
Apollon vainement m'a promis qu'en ces lieux
Oreste infortuné verroit finir sa peine,
Et terminer ses transports furieux.

PILADE.

Du secours d'Apollon nous devons tout attendre.

ORESTE.

Quel secours pouvons-nous prétendre !
Dans un Temple fatal, teint du sang des Mortels,
Où le Scythe à Diane offre un barbare hommage.
Il faut de la Déesse oser ravir l'image,
Et transporter ailleurs son culte & ses autels.

ENSEMBLE.

Sur ces mémes autels, déplorables victimes,

ORESTE. { *Pilade, Electre* }
PILADE. { *Electre, Oreste* } *vont périr.*

ORESTE.

Que ne puis-je, du moins, moy seul laver mes crimes !

PILADE.

Que ne puis-je vous secourir !

SCENE DEUXIE'ME.

ELECTRE, ORESTE, PILADE

PILADE à ELECTRE.

LEs Dieux feront-ils infléxibles !
Devons-nous éprouver leurs dernieres rigueurs,
Réfervent-ils pour les plus tendres cœurs,
Leurs coups les plus terribles ?

ELECTRE.

Connoißez jufqu'où va l'injuftice du fort ;
Des plus affreux malheurs je me voy pourfuivie,
Je puis fauver vos jours & conferver ma vie,
Et moy-même je vais ordonner nôtre mort.

ORESTE.

Que dites-vous !

PILADE.

Vivez.

ELECTRE.

Dieux cruels que j'attefte,
Puißay-je être à jamais l'objet de vos fureurs,
Si je fui ce confeil funefte !

ORESTE.

Parlez, dévoilez-nous ces fecrettes horreurs.

ELECTRE.

Un Barbare en mes mains met vôtre deſtinée ;
De vos jours malheureux, Arbitre infortunée,
Je puis d'un fier Tyran vaincre la cruauté ;
Mais à d'affreux liens pour jamais condamnée,
Il faut qu'une horrible hymenée
M'immole à vôtre liberté.

PILADE.

Des mains de mon Rival prenez le diadême,
Je ſeray trop heureux s'il vous ſauve le jour ;
Un cœur doit à l'Objet qu'il aime,
Immoler juſqu'à ſon amour.

ORESTE.

Ah ! périſſe plûtôt le reſte des Atrides !

PILADE à ELECTRE.

Vivez, c'eſt le ſeul bien que je puis ſouhaiter.

ELECTRE.

Que je vive ! non, non c'eſt trop vous écoûter,
Ma gloire & mon amour me vont ſervir de guides...
Mais, quoy ! mes refus homicides
Dans la nuit du tombeau vont vous précipiter !

ORESTE.

Mourons ; bravons des Dieux la barbare puiſſance,
Leur honte eſt remiſe en nos mains :
Que la mort confondant le crime & l'innocence,
Condamne les Dieux inhumains.

Une juſte fureur de mon ame s'empare ;
Inſultons ces Tyrans des malheureux Mortels,
Allons les attaquer juſques ſur leurs autels.

PILADE.

Que faites-vous !

ELECTRE.

Il se trouble, il s'égare.

ORESTE.

Ces Dieux, ces Dieux cruels sont armez contre moy !
Que de feux, que d'éclairs ! quels éclats de tonnerre !
Sous mes pas chancelants je sens trembler la Terre,
Ses gouffres sont ouverts .. Ciel ! qu'est-ce que je voy !
C'est Clitémnestre ! fuy dans la nuit éternelle,
        Spectre horrible, Ombre criminelle ;
        Crains encor ma juste fureur.

ELECTRE.

Connoissez-nous.

PILADE.

        Perdez une vaine terreur.

ORESTE.

        Mille feux dévorent mon ame,
        Tout l'Enfer se montre à mes yeux.
Un mélange terrible & de sang & de flâme,
        Comme un torrent, vient inonder ces lieux.

Que voulez-vous de moy, barbares Euménides ?
N'ay-je pas trop payé mes transports homicides,
        Eh bien, ma mort va remplir vos desirs ...
Je vous sui ... Je descends sur l'infernale rive,
Et mon ame troublée, errante, fugitive,
        Va se perdre avec mes soupirs.

                    Il tombe évanoüy.

PILADE.

O vous que l'univers adore,
Maître des Dieux, calmez le trouble de ses sens!

ELECTRE.

Ce n'est pas ton secours, c'est la mort que j'implore ;
Ciel ! enten mes tristes accens.

On entend une douce harmonie.

ELECTRE, & PILADE.

Le Ciel est sensible à nos larmes,
Les Dieux ont reçû nos soûpirs
Un bruit harmonieux, par d'invincibles charmes,
Appaise de nos cœurs les mortels déplaisirs.
Quel spectacle brillant ! quel nuage s'avance !
Diane abandonne les cieux !
Ces jardins & ces bois embellis à nos yeux,
Semblent ressentir la présence
De la Divinité qui descend en ces lieux.

SCENE TROISIE'ME.

SCENE TROISIE'ME.

DIANE. Chœur & Troupe de NYMPHES, ELECTRE, ORESTE, PILADE.

DIANE.

JE ne puis du deftin changer la loy fuprême ;
Jupiter en tremblant, la révere luy-même ;
Mais je viens pour quelques moments
Sufpendre les fureurs d'un malheureux Coupable,
Et l'arracher aux rigoureux tourments
Dont l'Enfer en couroux l'accable.

Par de celeftes chants, par de divins concerts,
Chaffons d'un cœur troublé le mal qui le poffede,
Et qu'une douce paix fuccede
Aux maux cruels qu'il a foufferts.

CHOEUR.

Par de celeftes chants, par de divins concerts,
Chaffons d'un cœur troublé le mal qui le poffede,
Et qu'une douce paix fuccede
Aux maux cruels qu'il a foufferts.

Les Nymphes de Diane danfent autour d'ORESTE.

DIANE.

Vous qui puniffez, les grands crimes,
Des vangeances du Ciel, Miniftres, & Victimes
Euménides, fuïez de ces aimables lieux :
Et vous divine Paix, venez dans ces retraites
Répandre ces douceurs parfaites,
Qui font le vray bonheur des Hommes, & des Dieux.

C

Les NYMPHES recommencent leurs danses.

Deux NYMPHES alternativement avec le CHOEUR.

Loin de nos jeux, importune Tendreſſe,
Volage Amour, nous redoutons tes traits,
Aux lâches cœurs inſpire ta foibleſſe,
Trouble leur repos, & trompe leurs ſoûhaits.
Joüir toûjours, & deſirer ſans ceſſe,
C'eſt le ſort heureux de qui cherit la Paix;
Nos biens dureront à jamais.

Aprés que les NYMPHES ont danſé, on reprend
le CHOEUR. DIANE, & ſa ſuite ſe retirent.

ORESTE ſe levant.

Où ſuis-je! quel Dieu tutelaire
De mes troubles cruels vient d'arreſter le cours!

PILADE.

Le Ciel déſarme ſa colere,
Diane à nos ſoûpirs accorde ſon ſecours.

ELECTRE, ORESTE, & PILADE.

Aprés des craintes mortelles,
Que l'eſpoir a de douceurs!
Les Dieux touchez de nos pleurs
Flattent nos peines cruelles,
Ils finiront nos malheurs.
Aprés des craintes mortelles,
Que l'eſpoir a de douceurs!

FIN DU DEUXIE'ME ACTE.

ACTE TROISIE'ME.

Le Théatre repréfente le Palais de Thoas
du côté de la Mer ; & le Port de la
Ville Capitale de la Tauride.

SCENE PREMIERE.

THOAS, ELECTRE.

THOAS.

NON, *je n'écoûte plus que ma jufte colere,*
C'eft trop long-temps fouffrir des mépris odieux,
Pour la derniere fois vous allez en ces lieux,
  Voir & les Grecs, & vôtre Frere,
Et puifqu'en fes refus vôtre cœur perfévere,
  Je vais les faire immoler à vos yeux.

C ij

IPHIGE'NIE,

ELECTRE.

Je frémis.

THOAS.

Leur trépas accroîtra vôtre gloire,
Vous n'avez plus recours aux pleurs,
Vôtre orgüeil intrépide étouffe vos douleurs,
Et vôtre cœur tout fier de sa victoire,
Est insensible à ses malheurs.

ELECTRE.

Quel que soit mon destin, je l'attens sans allarmes,
Tous les Grecs vont périr, & j'ay dû le prévoir
Bien-tôt un heureux défespoir
Leur donnera mon sang, au deffaut de mes larmes;
Le plus cruel trépas aura pour moy des charmes,
Quand il me sauvera de l'horreur de vous voir.

THOAS.

Vous ne joüirez pas de ce plaisir funeste;
Vous vivrez, renoncez à l'espoir qui vous reste.
Ma fureur vous réserve à de plus longs tourments;
Je veux, pour égaler le suplice à l'offense,
De vos jours malheureux rendre tous les moments.
Les ministres de ma vangeance.

Mais allons, & suivons mes transports furieux.

ELECTRE.

Arrestez.

THOAS.

Non, c'est trop me faire violence.

ELECTRE.

Voyez mon défespoir.

THOAS.

Perdez toute efperance.

ELECTRE.

Vous voulez donc, Cruel, que j'expire à vos yeux!

THOAS.

Ingrate, vous cherchez à féduire mon ame,
Mais vos rigueurs ont étouffé ma flamme;
Il eft temps de punir vos injuftes mépris.

ELECTRE.

Que vos fureurs me prennent pour victime,
Moy feule j'ay commis le crime,
Et je dois feule en recevoir le prix.

THOAS.

Ah! que vous fçavez bien le pouvoir de vos larmes!
Ingrate, il faut céder à de fi fortes armes,
Je fens tout mon couroux expirer dans mon cœur:
Vivez, regnez, mon amour vous en preffe;
Mais fi vous abufez encor de ma tendreffe,
Craignez l'excés de ma rigueur.
Vous ne répondez point? balancez-vous encore?

ELECTRE.

Vos bontez furpaffent mes vœux;
Accordez pour les Grecs la grace que j'implore;
Les bienfaits peuvent tout fur les cœurs généreux.

SCENE DEUXIE'ME.

ELECTRE, ORESTE, PILADE,

THOAS, GARDES.

THOAS.

VEnez, Infortunez, voyez finir vos peines,
    Cette Beauté vient de brifer vos chaînes ;
Rendez grace à l'Amour qui comble mes defirs.

ORESTE, & PILADE.

Qu'entens-je ! ô Ciel !

THOAS.

      Que mon peuple s'empreffe
A vous ouvrir les chemins de la Grece ,
    Tout doit reffentir mes plaifirs.

ORESTE.

Que mille morts plûtôt brifent nôtre efclavage ;
    Le Ciel eft plein de nos Ayeux ;
Un Barbare oferoit foüiller le fang des Dieux !
Le trépas eft pour nous un moins fenfible outrage.

ELECTRE, à ORESTE, & à PILADE.

Que faites-vous ?

ORESTE, & PILADE à Thoas.

La mort a pour nous plus d'attraits.

PILADE.

De nôtre juste orgüeil, c'est assez vous instruire.

ORESTE, & PILADE.

Ménagez moins des cœurs que rien ne peut séduire,
Et qui vous puniroient même de vos bienfaits.

THOAS à Electre.

Ay-je assez soûtenu cet excés d'insolence !
Connoissez mon amour par ce profond silense ;
　　Mais bien-tôt de tous mes transports
　　Rien ne pourroit plus les deffendre
A fléchir leur audace, employez vos efforts ;
Ma bonté jusques-là veut bien encor descendre ;
Mais si malgré vos soins ils osent m'outrager,
Malheur à qui m'aura contraint à me vanger.

SCENE TROISIE'ME.

ELECTRE, ORESTE, PILADE, GARDES.

ELECTRE.

Qu'avez-vous fait , Cruels ?
ORESTE.
             Quitte ces lieux , Perfide !
Et sui l'indigne Objet de qui l'amour te guide.

ELECTRE.
Je n'ay point mérité ces titres odieux
       Pilade me connoîtra mieux.

PILADE.
Je ne me plaindrois point quand une ardeur nouvelle,
Aux vœux de mon Rival vous feroit consentir ;
Mais vous m'avez promis une amour éternelle.
       Eh ! du moins attendez , Cruelle ,
     Que mon trépas ait pû vous garantir
       Du crime de m'être infidelle.

ELECTRE.
    Quelle injustice ! ô Ciel ! Quelle rigueur !
On ose m'accuser d'une coupable flâme !
Mais, Ingrats, vos soupçons ne troublent point mon ame,
     J'ay pour moy les Dieux , & mon cœur.
               ORESTE.

TRAGEDIE. 25

ORESTE.

Vous déguisez en vain une flâme fatale ;
Plus coupable cent fois qu'Atrée, & que Tantale,
Indigne sang des Dieux, dont vous tenez le jour,
Vous immolez leur gloire à vôtre lâche amour.

ELECTRE.

C'est pour vous seuls, Cruels, qu'interdite, tremblante,
D'un Tyran furieux j'ay flatté les desirs ;
Vous partiez, & bien-tôt ma main impatiente,
Alloit par mon trépas finir mes déplaisirs :
Vos injustes soupçons vont vous coûter la vie,
Mais j'atteste le Dieu qu'adore l'univers,
Qu'avant qu'elle vous soit ravie,
Mon ombre aura payé le tribut aux Enfers.

PILADE.

Que dites-vous !

ELECTRE.

Cruel ! il faut vous satisfaire ;
Je cours d'un fier Tyran irriter la colere,
Révéler le secret de nos feux mutuels ;
Et tombant sous les coups d'une mort que j'implore,
Punir mon lâche cœur de vous aimer encore,
Malgré vos soupçons criminels.

PILADE.

Elle fuit ! ô Destin barbare !
Ah ! dans son désespoir ne l'abandonnons pas.

PILADE suit ELECTRE ; & THOAS entre, suivi
du Peuple.

D

SCENE QUATRIE'ME.

THOAS, ORESTE, Chœur de SCYTHES, GARDES.

THOAS.

POur célébrer la fête qu'on prépare,
   Venez, Peuples, suivez mes pas.

à ORESTE.

A fléchir ton orgüeil, a t'on sçû te contraindre !
La Mort t'a-t'elle enfin, inspiré de l'horreur !

ORESTE.

   La Mort ! si j'avois pû la craindre,
Ma honte auroit déja prévenu ta fureur.

THOAS.

Qu'on l'ôte de ces lieux.

Les GARDES emmenent ORESTE; & THOAS,
continuë.

   Quel trouble affreux m'agite ?
En faveur de ces Grecs l'amour me sollicite :
Et l'Oracle, contre eux, me ranime à son tour ;
   Troubles cruels, souffrez que je respire,
   Quoy faudra-t'il en ce funeste jour
     Hazarder ma vie, & l'Empire,
     Ou renoncer à mon amour !

Vous, de qui mes Ayeux ont reçû la naiſſance,
Grand Océan, favorable Thétis,
Dont les Oracles m'ont appris
Qu'un Grec me raviroit la vie, & la puiſſance,
D'un trouble ſi cruel retirez mes eſprits.

Quittez le vaſte ſein de l'Onde,
Venez, paroiſſez Dieu des Mers ;
Sortez pour honorer nos jeux, & nos concerts,
De vôtre demeure profonde.

CHOEUR.

Quittez le vaſte ſein de l'Onde,
Venez, paroiſſez Dieu des Mers ;
Sortez pour honorer nos jeux, & nos concerts,
De vôtre demeure profonde.

SCENE CINQUIÉME.

THOAS, Chœur de SCYTHES, TRITON, Troupe de Dieux MARINS, & de NEREIDES.

Le Dieu TRITON *fort de la Mer, fuivi des Dieux* MARINS, & *des* NEREIDES, *qui forment une Entrée.*

TRITON.

LE Maître de l'humide Empire
Fait annoncer à tout ce qui refpire,
Qu'il va fortir du fein des Eaux.

Que les Dieux aux Mortels s'uniffent ;
Mélons nos voix aux concerts des oifeaux,
Que ces bords retentiffent
De nos chants nouveaux.

CHOEUR.

Que les Dieux aux Mortels s'uniffent,
Mélons nos voix aux concerts des oifeaux ;
Que ces bords retentiffent
De nos chants nouveaux.

TRITON.

Dieu puiffant, vos eaux fecourables,
Comblent ces gouffres effroyables,
Reftes du ténébreux cahos ;
Les lieux où meurt le jour, & ceux de fa naiffance,
En vain font féparez par un efpace immenfe ;
Vous les uniffez par les flots.

CHOEUR.

Que les Dieux aux Mortels, &c.

TRITON.

Quand vôtre couroux se déclare,
L'effroy de l'univers s'empare,
Vous semblez inonder les Cieux ;
Mais, dés que vous chassez l'orage,
Vôtre empire devient l'image
Du tranquile séjour des Dieux.

CHOEUR.

Que les Dieux aux Mortels, &c.

Les Dieux MARINS, & les NEREIDES recommencent leurs danses,
Elles sont interrompuës par le bruit d'une Tempête.

THOAS.

Quel bruit semblable au tonnerre,
Font les flots, agitez d'affreux soulevements !
Quels horribles mugissements !
Tous les Dieux aux Mortels déclarent-ils la guerre !
Confondent-ils les élements !
Vont-ils anéantir la terre,
Et de tout l'univers sapper les fondements !

CHOEUR.

Que d'affreux sifflements !
Quels horribles mugissements !

TRITON.

Que du Maître des mers tout sente la présence.
Que le Soleil s'arrête à son aspect ;
Vents en couroux, faites silence,
Vous Terre, frémissez de crainte, & de respect.

S C E N E S I X I E' M E.

L'O C E A N paroît au milieu des Flots.

L'OCEAN. Tous les Acteurs de la Scene précédente.

L'O C E A N.

T'Remble, Thoas ; que fais-tu téméraire ?
    Quels font tes odieux deſſeins !
   Tout te trahit, tout t'eſt contraire ;
   Tu cherches la mort que tu crains.
Moy-même je frémis de ton deſtin funeſte ;
Un Dieu vangeur te ſuit, redoute ſon couroux.
Tremble, Thoas ; ce jour eſt le ſeul qui te reſte,
    Pour te dérober à ſes coups.

L'Ocean rentre dans la Mer ; Triton, les Dieux
    Marins, & les Nereides ſe retirent.

T H O A S.

Je vous entens, grand Dieu! ma tendreſſe eſt mon
   crime ;
Faiſons des cris des Grecs retentir ce ſéjour,
   Qu'ils ſouffrent tous une mort légitime ;
C'en eſt fait ma pitié n'aura plus de retour :
    L'Objet fatal de mon amour,
   Sera la premiere victime.

FIN DU TROISIE'ME ACTE.

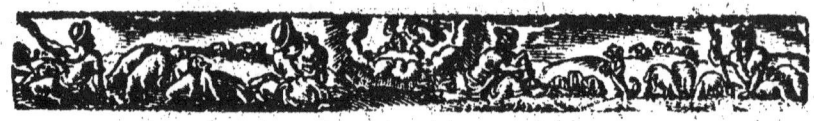

ACTE QUATRIEME.

Le Théatre repréſente l'Appartement de la PRESTRESSE.

SCENE PREMIE'RE.

IPHIGENIE, ISME'NIDE.

IPHIGE'NIE.

C'Eſt trop vous faire violence,
Eclatez, vains Soûpirs, ſi long-temps retenus.
Ma douleur ne ſçauroit ſe forcer au ſilence,
Au plus cruel éxcés mes maux ſont parvenus ;
  C'eſt trop vous faire violence,
Eclatez, vains Soûpirs, ſi long-temps retenus.

O jours ! où dans Argos la gloire & l'abondance,
Du ſort le plus brillant flatoient mon eſperance ;
  Jours fortunez, qu'êtes-vous devenus !
Un Barbare me force à ſervir ſa vangeance ;
En faveur d'un Captif, mes eſprits prévenus
  Livrent mon cœur malgré ſa réſiſtance,
  A des tranſports qui luy ſont inconnus ;
  C'eſt trop vous faire violence,
Eclatez, vains Soûpirs, ſi long-temps retenus.

Non, je n'offriray point ce sacrifice horrible ;
Que le Tyran me livre au trépas où tu cours,
Mon cœur, cher Inconnu, t'offrira du secours ;
Et ne mourrois-je pas dans le moment terrible
Qu'un fer impitoyable iroit trancher tes jours ?

ISME'NIDE.

Sa mort n'est pas encor certaine,
La pitié de Thoas aura quelque retour.

Que l'espoir flatte vôtre peine ;
Un cœur qui dans le même jour
Passe de l'amour à la haine,
Revient facilement de la haine à l'amour.

IPHIGE'NIE.

Non, non, rien du Tyran n'adoucira la rage ;
Helas ! de tous les Grecs l'amour rompoit les fers,
Leur vaisseau, pour partir, encor prêt au rivage,
Trouvoit tous nos ports ouverts ;
Mais le Dieu terrible des mers
Vient de troubler Thoas par un affreux présage,
Et le Barbare affamé de carnage,
Veut que du sang des Grecs nos autels soient couverts ;
Non… Mais je voy le Chef des captifs de la Grece,
Laisse-nous seuls ; le Ciel en cet heureux moment,
M'inspire les moyens d'adoucir mon tourment.
Et de me dérober à ma propre foiblesse.

SCENE DEUXIE'ME.

SCENE DEUXIE'ME.

IPHIGE'NIE, ORESTE.

IPHIGE'NIE.

JE ne puis vous cacher mes pleurs ;
Senſible à vos cruels malheurs,
Je frémis du trépas que le Roy vous prépare :
Que dans les mêmes lieux les cœurs ſont differents !
Non, le climat le plus barbare,
De tous ſes Citoyens ne fait pas des Tyrans.

ORESTE.

Ne plaignez point ma mort, elle fait mon envie ;
A des Malheureux comme moy,
Le plus cruel trépas inſpire moins d'effroy,
Qu'une triſte, & mourante vie.

IPHIGE'NIE.

Quel ſort vous fait haïr la lumiere des cieux
Ne pourray-je ſçavoir pour qui je m'intereſſe.

ORESTE.

Je ſuis un Criminel à moy-même odieux,
Banni d'Argos, en horreur à la Grece,
Et pourſuivi des Hommes, & des Dieux.

E

IPHIGE'NIE.

Que dites-vous ! Argos vous donna la naissance !
Argos où regne un Roy puissant & glorieux.

ORESTE.

Plaignez plûtôt sa mort, & l'horrible vangeance
Qu'en a pris un bras furieux.

IPHIGE'NIE.

Il est mort ! quelle main perfide
A porté sur son Roy sa fureur homicide !

ORESTE.

Celle qu'un triste hymen unissoit à son sort.

IPHIGE'NIE.

Quel crime ! Justes Dieux ! quel barbare Transport !
Et que fait à présent cette Reine coupable ?
De ce forfait affreux quels ont été les fruits !

ORESTE.

Que vous diray-je ! Oreste...

IPHIGE'NIE.

Achevez.

ORESTE.

Je ne puis.

IPHIGE'NIE.

Auroit-il approuvé ce crime épouvantable !

ORESTE.

De sa fureur plûtôt, apprenez les effets ;
Il a tranché les jours d'une Mere infidelle.
Et s'il s'est montré digne d'elle,
C'est en punissant ses forfaits.

IPHIGE'NIE.

Dieux ! une juste horreur de mon ame s'empare ;
Mais quel est le destin de ce fils malheureux ?

ORESTE.

Le Ciel contre luy se déclare,
Et la mort est l'objet où tendent tous ses vœux.

IPHIGE'NIE à part.

Reste infortuné des Atrides
Veüillent pour toy les Dieux appaiser leur couroux.

à ORESTE.

Mon cœur s'interesse pour vous,
Fuyez, sauvez vos jours de mes mains homicides,
Je veux vous arracher des portes du tombeau.

ORESTE.

Qu'entens-je !

IPHIGE'NIE.

Ma pitié s'est assez fait connoître.
Dés que le celeste flambeau
Sur ces sauvages bords cessera de paroître,
J'ay fait, pour vous sauver, préparer un vaisseau,
Partez.

ORESTE.

Je pourrois seul, m'arrachant au suplice,
Y livrer tant de Grecs pour moy prêts à mourir !
A leur fidelité rendons plus de justice,
Sauvez ces Malheureux, & me faites périr.

E ij

IPHIGE'NIE.

O Courage noble, & funeste !
O Grandeur ! dont les Dieux doivent être jaloux,
Puisse le Frere qui me reste
Estre aussi généreux que vous.

Mais Dieux ! pour l'affreux sacrifice,
Par l'ordre de Thoas, on a tout préparé ;
Au deffaut de la force, employons l'artifice,
Rentrez ; si je ne puis vous ravir au suplice,
Du moins il sera differé.

Elle rentre avec ORESTE.

SCENE TROISIE'ME.

THOAS, Chœur & Troupe de PRESTRESSES
de DIANE. Troupe de SACRIFICATEURS.
Chœur de PEUPLES.

THOAS.

ENfin tout va remplir ma haine ;
Mon cœur se livre sans horreur,
Aux transports du plaisir de rendre une Inhumaine
Témoin de toute ma fureur.

Vous qui goûtez sous mon obéïssance
Les biens dont fait joüir la gloire, & l'abondance,
Reconnoissez mes soins par mon juste couroux :
Vos mortels Ennemis, ces Captifs de la Grece,
Prétendoient nous soûmettre à l'effort de leurs coups ;
Ils mourront, j'ay juré, de les immoler tous,
Et leur sang, rougissant l'autel de la Déesse,
Ne sera versé que pour vous.

Chantez Diane, & sa gloire immortelle ;
Que de son nom retentissent ces lieux ;
Et que vos chants portent jusques aux Cieux
Et sa puissance, & votre zele.

I P H I G E´N I E,

C H OE U R.

Chantons Diane, & sa gloire immortelle ;
Que de son nom retentissent ces lieux ;
Et que nos chants portent jusques aux Cieux
Et sa puissance, & nôtre zelle.

Entrée des SACRIFICATEURS de DIANE.

LE GRAND SACRIFICATEUR.

Fille du Dieu dont le tonnerre
Fait trembler l'Olimpe, & la Terre,
Ecoûtez un Peuple soûmis :
Nous vous offrons le sang que nous allons répandre ;
Périsse qui veut entreprendre
D'être au rang de nos Ennemis !

C H OE U R.

Périsse qui veut entreprendre
D'être au rang de nos Ennemis !

LE GRAND SACRIFICATEUR.

C'est vous qui daignez nous deffendre,
De vos soins bienfaisants nous devons tout attendre ;
Le sort de la Scythie en vos mains est remis ;
Jusqu'où nôtre pouvoir ne doit-il pas s'étendre !
Quel espoir de grandeur ne nous est pas permis !
Périsse qui veut entreprendre
D'être au rang de nos Ennemis !

CHOEUR.

Périsse qui veut entreprendre
D'être au rang de nos Ennemis!

Les SACRIFICATEURS recommencent leurs Danses,
après lesquelles les PRESTRESSES de DIANE.
forment une Entrée.

Deux PRESTRESSES chantent ce qui suit alternativement avec le Chœur.

Vous rassemblez en vous, belle Déesse
Tout ce qui fait briller les autres Dieux ;

Vous l'emportez sur Flore, & la Jeunesse,
Et sur l'éclat de la Reine des Cieux ;

Vous rassemblez en vous, belle Déesse,
Tout ce qui fait briller les autres Dieux.

L'Amour vous suit ; mais l'austere Sagesse
Ne luy permet de regner qu'en vos yeux.

Vous rassemblez en vous, belle Déesse,
Tout ce qui fait briller les autres Dieux.

Deuxieme Entrée des PRESTRESSES.

THOAS.

Le Ciel doit applaudir nos desseins légitimes ;
Que la Prêtresse ameine les Victimes.

SCENE QUATRIE´ME.

THOAS, IPHIGE´NIE, Tous les Acteurs
de la Scene précédente.

IPHIGE´NIE.

*R*Oy des Scythes, écoûte-moy,
Vous Peuples, apprenez ce que Diane ordonne ;
Elle a parlé ; j'en ay fremy d'effroy,
Et d'horreur encor j'en frissonne ;
Avant que sur nos Autels,
Vous immoliez ces Captifs criminels,
Il faut qu'un Sacrifice efface leurs offenses :
Remettez leur sort en mes mains,
Et me laissant le soin d'exercer vos vangeances,
Recevez, en tremblant ses ordres souverains.

THOAS.

Hâtez-vous de servir ma rage,
Et qu'avant que la nuit obscurcisse ces lieux,
Leur sang inondant ce rivage,
Vange mon Empire, & nos Dieux.

FIN DU QUATRIE´ME ACTE.

ACTE V.

ACTE CINQUIE'ME.

Le Théatre repréſente le Parvis du Temple de DIANE, dont la Porte paroît fermée. On voit la Mer dans le lointain, & quelques Rochers vers les côtez du Temple.

SCENE PREMIERE.

IPHIGE'NIE, ORESTE, ISME'NIDE.

IPHIGE'NIE.

C'Eſt au pied du Rocher qui deffend cette rive,
Que le vaiſſeau qui vous mit ſur ces bords,
Va tromper de Thoas les barbares tranſports,
Et délivrer vôtre troupe captive.

Prête à vous voir percer le ſein,
Mon cœur a formé le deſſein
De vous faire revoir vôtre heureuſe patrie ;
Le Ciel m'attache à vous par de ſécrets liens,
Et quand je vous rends à la vie,
Je ſauve vos jours, & les miens.

F

ORESTE.

Vous me tirez d'un indigne esclavage,
De la Parque sur moy, vous suspendez les coups:
Et je sens moins cet avantage,
Que la douleur de m'éloigner de vous.

IPHIGÉNIE.

Terminons d'inutiles plaintes,
Et donnons tous nos soins à de plus justes craintes;
Je puis vous faire un sort heureux:
Mais il faut qu'un serment terrible
M'assûre en ce moment du succés de mes vœux.

ORESTE.

Mon cœur, pour vous servir, ne voit rien d'impossible.

J'en atteste icy tous les Dieux;
Ceux des Enfers, des Mers, de la Terre, & des Cieux.
Si je trahis vôtre esperance,
Puisse la foudre en prendre la vangeance,
Que la Terre s'embraze & s'ouvre sous mes pas;
Dans ses gouffres profonds que l'Onde m'engloutisse,
Et que le Dieu des Morts vous vange & me punisse,
Au delà même du trépas.

IPHIGÉNIE.

Il suffit, ma crainte est bannie,
Argos vous est connu; dans ces murs malheureux,
Que pense-t'on d'Iphigénie?

ORESTE.

Chacun sçait qu'en Aulide elle a perdu la vie,
Et nous pleurons encor son destin rigoureux.

IPHIGE'NIE.

Du sang d'Agamemnon vous sçavez ce qui reste,
Méritez tous les soins que j'ay pris de vos jours,
　　　Partez, dites au jeune Oreste,
Qu'Iphigénie icy, demande son secours.

ORESTE.

Iphigénie ! ô Ciel ! croiray-je ce miracle !
Les Morts reviennent-ils à la clarté des Cieux !

IPHIGE'NIE.

Aux cruautez des Grecs Diane a mis obstacle,
Dans les champs de l'Aulide elle a trompé leurs yeux,
Par elle, Iphigénie est vivante en ces lieux.

ORESTE.

Dans ces lieux ! Ciel ! mon cœur ne vous en croit qu'à
peine.

IPHIGE'NIE.

O toy ! qu'un songe affreux a peint à mes esprits,
　　　Cher Oreste, écoute mes cris ;
Vien, part, vole en ces lieux, fend la liquide plaine,
　　　Brave les vents, les rochers, & les eaux,
Arme, pour m'enlever, encor plus de vaisseaux,
Que n'en a fait armer la malheureuse Hélene.
Et vous, qui connoissez & mon sort, & mon nom,
　　　Partez, servez le sang d'Agamemnon,
Vous vous troublez !

ORESTE.
O Dieux !

IPHIGE'NIE.

Je voy couler vos larmes.

ORESTE.

Vous appellez Oreste ; & que peut-il pour vous ?

IPHIGE'NIE.

Ah ! que vous me causez d'allarmes ;
A-t'il des Dieux vangeurs éprouvé le couroux !

ORESTE.

Helas ! quelle est vôtre esperance ?
A ce Frere si cher, cessez d'avoir recours ;
Luy-même loin d'Argos, sans appuy, sans deffense,
Attend tout de vôtre secours.

IPHIGE'NIE.

Qu'entens-je ! quel transport de mon ame s'empare !
Mon cœur s'émeut pour vous, il se trouble, il s'égare :
Le Ciel va t'il finir mes mortelles douleurs !
Expliquez-vous !

ORESTE.

Faut-il en dire davantage !
Vous voyez ma joye, & mes pleurs,
Reconnoissez Oreste à ce langage,
Et plus encor à ses malheurs.

IPHIGE'NIE.

Ciel ! Oreste ! Ah ! mon cœur m'en donne l'assûrance.
C'est vous ; j'en croy mes mouvements secrets.
Vous qu'à peine j'ay vû dans vôtre tendre enfance ;
Mais dont, avec transport, je rappelle les traits.

IPHIGE'NIE, & ORESTE.

Dieux immortels, achevez vôtre ouvrage,
Vos bontez ont déja surpassé nos souhaits!

IPHIGE'NIE.

Quel Dieu vous a conduit dans ce climat sauvage?

ORESTE.

Apollon a voulu, pour laver mes forfaits,
Que de Diane icy j'enlevasse l'image,

IPHIGE'NIE.

Ses ordres, & vos vœux vont être satisfaits.

IPHIGE'NIE, & ORESTE.

Brisons nos chaînes,
Hâtons-nous, traversons les flots;
Cherchons aprés tant de peines,
Un doux repos.

IPHIGE'NIE.

Je crains que le Tyran ne vienne nous surprendre;
Allez, je vais icy l'attendre.

à ISME'NIDE.

Toy, fais donner aux Grecs ces dards, ces javelots,
Que ce Temple sacré garde pour se deffendre;

à ORESTE.

J'espere quand la nuit sera prête à descendre,
Partir avec vous pour Argos.

SCENE DEUXIEME.

IPHIGENIE seule.

SEuls confidents de mes peines secretes !
　　Lieux ! tant de fois arrosez de mes pleurs,
Je ne troubleray plus vos tranquiles retraites,
　　　　Par le recit de mes malheurs.
　　Depuis long-temps captive, gémissante,
De la rigueur des Dieux, je me suis plainte à vous,
　Mais leurs faveurs ont passé mon attente :
　　　　Plus ma douleur fut violente,
　　　　Plus mon bonheur me semble doux.
　Seuls confidents de mes peines secretes !
　Lieux ! tant de fois arrosez de mes pleurs,
Je ne troubleray plus vos tranquiles retraites,
　　　　Par le recit de mes malheurs.

　　　On entend un bruit de Combattants.

Mais quel bruit effrayant icy se fait entendre !
Quels cris ! Dieux, armez-vous, & venez nous deffendre.

　　　CHOEUR que l'on entend, & que l'on ne
　　　　　　voit point.

　　　Périssez-tous, périssez-tous,
　　　Cédez à l'effort de nos coups.
　　　　IPHIGENIE.

O Ciel !

SCENE TROISIE'ME.

IPHIGE'NIE, ELECTRE.

ELECTRE.

DE vos Autels embraſſez la deffenſe;
Vous êtes notre unique eſpoir;
Trahis par l'un des Grecs, le Roy vient de ſçavoir
Qu'il tient Oreſte en ſa puiſſance;
Il ne veut plus differer ſa vangeance.

CHOEUR que l'on ne voit point.
Périſſez tous, périſſez tous,
Cédez à l'effort de nos coups.

ELECTRE.

Ses Soldats irritez ſervent ſa barbarie,
En vain les Grecs repouſſent leur furie,
Le nombre va les accabler.

La mort offre par tout ſon image funeſte,
Le fer brille, le ſang eſt tout prêt à couler;
D'une famille auguſte, épargnez ce qui reſte.

CHOEUR que l'on ne voit point
Périſſez-tous, périſſez-tous,
Cédez à l'effort de nos coups.

IPHIGE'NIE.

Je deffendray vos jours aux dépens de ma vie,
Reconnoiſſez Iphigénie;
Ne craignez rien d'un Tiran furieux ...
Mais, quel ſpectacle, ô Ciel! ſe préſente à mes yeux!

SCENE DERNIERE.

Le Temple s'ouvre. On voit dans le fond la Statuë
de DIANE. Les Scythes paroissent armez.
Le Tonnerre gronde, & DIANE sort
de son Temple.

DIANE, IPHIGE'NIE, ELECTRE,
ORESTE, PILADE, ISME'NIDE,
Chœur & Troupe de GRECS.

DIANE.

JUpiter en mes mains a remis le Tonnerre,
  Les vœux des Grecs sont éxaucez ;
Cessez, Peuples cruels, de leur faire la guerre,
  Diane ordonne, obéissez.

Les Scythes se retirent, & DIANE continuë.

  A vos desirs tout est propice,
  Grecs, accourez, rassemblez-vous :
Thoas est mort. Le Ciel a puni l'injustice,
  Et vos travaux ont fléchy son couroux.

  Rendez des graces immortelles
  Aux Dieux, autheurs de vôtre heureuse paix,
Et qu'Electre & Pilade au gré de leurs souhaits,
Par les nœuds de l'Hymen, par des ardeurs fidelles,
  Soient unis ensemble à jamais.

       IPHIGE'NIE,

IPHIGE'NIE, ELECTRE, ORESTE, & PILADE.

C'eſt par vous, puiſſante Déeſſe,
Que nous avons du Sort déſarmé les rigueurs.

ORESTE, & PILADE.

Vous nous avez rendus vainqueurs.

ELECTRE, & PILADE.

Vous couronnez nôtre tendreſſe.

IPHIGE'NIE & ORESTE.

Regnez pour toûjours ſur nos cœurs.

IPHIGE'NIE, ELECTRE, ORESTE, & PILADE.

C'eſt par vous, puiſſante Déeſſe,
Que nous avons du Sort déſarmé les rigueurs.

ORESTE à IPHIGE'NIE.

Qu'Electre à jamais vous ſoit chere.
Dernier fruit de l'Hymen d'un trop malheureux Pere,
Depuis vôtre départ elle reçût le jour;
Elle ſeule ſenſible, & cet amy fidele,
M'ont voulu ſuivre en ce triſte ſéjour.

G

IPHIGE'NIE.

Que le Ciel, pour payer leur zele,
Aux siécles reculez, les donne pour modele
D'une amitié sincere & d'un parfait amour.

ENTRE'E DE GRECS.

CHOEUR.

Que les plaisirs suivent vos peines,
Descend Amour, vole icy bas,
D'un doux Hymen serre les chaînes ;
Puißent-elles durer au delà du trépas.

Les Grecs recommencent leurs Danses.

DIANE à IPHIGE'NIE.

Tes vœux ont expié les forfaits des Atrides.
Oreste est délivré des noires Euménides ;
Partez, pour vous Neptune applanira les flots :
C'est souffrir trop long-temps qu'un sacrilege hommage,
De Diane indignée, ensanglante l'image,
Faites-là revérer chez les Peuples d'Argos.

Que le feu vangeur du Tonnerre
Détruise ce Temple odieux :
Apprenons à toute la terre,
Que le sang des Mortels ne sçauroit plaire aux Dieux.

Les Grecs vont s'embarquer ; DIANE se retire ;
Les Vents enlevent sa Statuë & la portent sur le
Vaisseau des Grecs. La foudre tombe sur le Temple,
qui s'embraze & se renverse.

FIN DU CINQUIE'ME ET DERNIER ACTE.

PRIVILEGE GENERAL.

LOUIS PAR LA GRACE DE DIEU, ROY DE FRANCE ET DE NAVARRE; à nos amez & feaux Conseillers, les Gens tenant nos Cours de Parlement, Maîtres des Requêtes ordinaires de nôtre Hôtel, Grand Conseil, Prévôt de Paris, Baillifs, Senêchaux, leurs Lieutenants Civils, & à tous autres nos Justiciers qu'il appartiendra ; SALUT : Nôtre bien aimé le Sieur JEAN NICOLAS DE FRANCINI, l'un de nos Conseillers, Maître d'Hôtel ordinaire, interessé conjointement avec le Sieur HYACINTHE DE GAUREAULT Sieur DE DUMONT, l'un de nos Ecuyers ordinaires, & de nôtre tres-cher & bien aimé Fils le Dauphin, au Privilege que nous leur avons accordé, pour l'Academie Royale de Musique, par nos Lettres Patentes du 30. Decembre 1698. Nous ayant fait remontrer qu'il desiroit donner au Public un RECUEIL GENERAL DES OPERA, REPRESENTEZ PAR L'ACADEMIE ROYALE DE MUSIQUE, DEPUIS SON ETABLISSEMENT, ET QUI SERONT REPRESENTEZ CY-APRE'S, s'il nous plaisoit luy accorder nos Lettres de Privilege sur ce necessaires, attendu les grandes dépenses qu'il convient faire, tant pour l'Impression que pour la Gravure en Taille-douce des Planches dont ce Livre sera orné. Nous avons permis & permettons par ces presentes audit Sr DE FRANCINI, de faire imprimer ledit RECUEIL par tel Imprimeur, & en telle forme, marge, caractere que bon luy semblera, en un ou plusieurs Volumes, conjointement ou separément, & de le faire vendre & distribuer dans tout nôtre Royaume, pendant le temps de six années consecutives, à compter du jour de la datte des présentes. FAISONS DE'FENSES à tous Imprimeurs, Libraires, & à tous autres de quelque qualité & condition qu'ils puissent être, de contrefaire ledit RECUEIL en tout, ni en partie ; ni même les Planches & Figures qui l'accompagnent, & d'en faire venir ni vendre d'impression étrangere, sans le consentement par écrit de l'Exposant, ou de ceux à qui il aura transporté son Droit, à peine de trois mille livres d'amende contre chacun des contrevenans ; dont un tiers à l'Hôtel-Dieu de Paris, un tiers à l'Exposant, & l'autre au Dénonciateur, de confiscation des Exemplaires contrefaits, que nous voulons être saisies par tout où ils se trouveront, & de tous dépens, dommages & interests : à la charge que ces présentes seront registrées és Registres de la Communauté des Imprimeurs & Libraires de Paris, que l'impression desdits Opera, sera faite dans nôtre Royaume, & non ailleurs, & ce en bon Papier & en beau Caractere conformement aux Reglements de la Librairie, & qu'avant que de l'exposer en vente, il en sera mis deux Exemplaires dans nôtre Bibliotheque publique, un dans le Cabinet des Livres de nôtre Château du Louvre, & un dans celle de nôtre tres-cher & feal Chevalier Chancelier de France le Sieur Phelypeaux, Comte de Pontchartrain Commandeur de nos Ordres; le tout à peine de nullité des présentes : du contenu desquelles, nous vous mandons & enjoignons de faire joüir l'Exposant, ou ses ayants cause pleinement & paisiblement, sans souffrir qu'il leur soit fait aucun trouble ou empêchement. Voulons que la copie de ces présentes, qui sera imprimée, dans ledit Livre, soit tenuë pour bien & duëment signifiée, & qu'aux copies collationnées, par l'un de nos amez & feaux Conseillers-Secretaires, foy soit ajoûtée comme à l'Original. COMMANDONS au premier nôtre Huissier ou Sergent sur ce requis, de faire pour l'execution des présentes, tous Actes requis & necessaires, sans demander autre permission, nonobstant Clameur de Haro, Charte Normande, & Lettres à ce contraires : CAR tel est nôtre plaisir. DONNÉ à Versailles le dixiéme jour de Juin, l'An de grace 1703. Et de nôtre Regne, le soixante-uniéme. Par le ROY, en son Conseil. Signé, LE COMTE, avec Paraphe, & scellé.

Ledit Sieur DE FRANCINI a fourny le present Privilege à *Christophe Ballard*, seul Imprimeur du Roy pour la Musique, pour en joüir en son lieu & place, suivant leurs conventions.

Registré sur le Livre de la Communauté des Imprimeurs & Libraires, conformément aux Reglements. A Paris le 11 Juin 1703. Signé TRABOUILLET, *Syndic.*

www.ingramcontent.com/pod-product-compliance
Lightning Source LLC
Chambersburg PA
CBHW060811180626
46818CB00002B/784